TONNERRE DE TENDRESSE

Texte
Christophe Cazenove

Dessins & couleurs
William

BAMBOO
POCHE

© 2013 BAMBOO ÉDITION
116, rue des Jonchères-BP 3
71012 CHARNAY-lès-MÂCON cedex
tél. 03 85 34 99 09 - fax 03 85 34 47 55
Site Web : www.bamboo.fr
E-mail : bamboo@bamboo.fr

Tous droits de traduction, d'adaptation et de reproduction
strictement réservés pour tous pays.

Imprimé en Italie, par STIGE

DEUXIÈME ÉDITION
Dépôt légal : septembre 2013

ISBN : 978-2-8189-2227-9

*Loi n°49-956 du 16 juillet 1949
sur les publications destinées à la jeunesse
modifiée par la loi n°2011-525 du 17 mai 2011.*

La glace à la bourrique

Ce jour est de ceux que Wendy qualifie de « coolible ».

Un mot qu'elle a inventé pour dire qu'une chose est à la fois « cool » et « pénible ». Quoi de plus cool que de passer une journée sur la plus belle plage du littoral en compagnie de son amie Sammie ? En revanche, quoi de plus pénible que de devoir partager ce moment de paradis avec *Tornado Girl*, alias Marine sa petite sister ?

D'autant que Marine était tellement excitée de venir à la plage qu'elle est passée en mode « pétage de plomb » dès que ses yeux se sont posés sur le bleu de l'océan.

Papa et maman ont préféré aller se promener en ville. Ils voulaient acheter quelques souvenirs et des cartes postales pour montrer

à tous leurs amis à quel point l'endroit choisi pour les vacances est magnifique. Du coup, c'est Wendy qui a été désignée comme « baby-sitter ».

« Mieux valait ça que l'inverse », songe Wendy.

Elle imagine ce que donnerait une journée placée sous l'autorité de sa petite sister. Ce

serait beignets bien gras à volonté. Baignade au large à volonté. Projection de sable dans les yeux à volonté. Bref, du grand n'importe quoi à volonté !

Marine se laisse tomber sur les genoux aux côtés de sa sœur.

Wendy est étendue sur sa serviette, façon lézard, prête à recevoir tous les UV que le soleil voudra bien lui envoyer. À sa droite est allongée Sammie, dont la capacité à bronzer vite a déjà commencé à faire des jalouses.

— Tu sais ce que j'aimerais trop ? fait Marine tout en ajustant son maillot de bain vert émeraude.

Il lui taille un peu grand mais elle préfère en avoir un trop grand qui lui plaise grave plutôt qu'un pile poil à sa taille mais qu'elle aimerait moins. De la pure logique à la Marine.

— Une glace à la pistache ! poursuit-elle.

— Depuis quand tu aimes la pistache ? s'étonne Wendy.

— J'ai toujours adoré ça, réplique aussitôt miss blondinette.

Wendy prend appui sur ses coudes et jette un regard alentour.

Le stand du glacier est installé à l'autre bout de la plage et il est hors de question qu'elle permette à Marine d'y aller toute seule. Ses parents ne lui pardonneraient jamais.

De la même manière, elle se refuse à y aller elle-même car, là, c'est son bronzage qui ne lui pardonnerait pas. Elle sait aussi qu'un refus net provoquerait une crise de larmes suivie d'un caprice dont sa petite sister a le secret.

Seule solution : ruser.

À ce jeu-là, Wendy est la plus forte. Elle a souvent eu l'occasion de tester sa capacité à faire gober les pires énormités à sa sister. C'est son super pouvoir.

— Tu n'as qu'à la commander d'ici, ta glace… suggère Wendy, se replaçant en position bronzette.

— Ah ouais ? s'étonne Marine. Ils font les livraisons ?

— Évidemment. Tu débarques ou quoi ? réplique Wendy. Tu n'as qu'à secouer ta serviette en direction du stand et ils t'apporteront ta glace.

— Ça, c'est cool ! s'enthousiasme Marine en rajustant son maillot.

Elle attrape alors sa serviette et entreprend de la secouer comme pour la débarrasser du moindre grain de sable.

Sammie tourne un regard incrédule vers Wendy.

— Comment est-ce que tu arrives à lui faire avaler des aberrations pareilles ?

— Chais pas… c'est un don ! glousse Wendy.

— Ils vont aussi savoir pour le parfum ? interroge Marine tout en gardant la cadence.

— Tu ne connais pas non plus le code ? fait mine de s'étonner Wendy. Il faut taper du pied par terre. Un coup, c'est pour fraise, deux, c'est chocolat… et pistache, c'est combien déjà, Sammie ?

— Cinq ! répond celle-ci du tac au tac, se rendant complice du plus gros mensonge jamais prononcé sur cette plage.

Elle a du mal à retenir un fou rire devant la naïveté de Marine qui, à cinq reprises, aplatit le sable sous son pied.

En cette fin de matinée, une légère brise vient atténuer la chaleur piquante du soleil.

Pas de doute pour Wendy, elle est au paradis… jusqu'à ce qu'une ombre vienne la recouvrir.

Marine, en nage, tient dans ses mains la serviette roulée en boule.

— Ça marche pas, ton truc ! se plaint-elle.

— Le glacier devait regarder ailleurs, soupire Wendy.

— Vaut mieux qu'on aille la chercher sur place, tu crois pas ?

C'est qu'elle y tient à sa glace à la pistache.

Sammie est intriguée de savoir comment Wendy va de nouveau parvenir à éviter la corvée. À sa grande surprise, Wendy se lève, et du dos de la main fait tomber les grains de sable collés sur ses fesses et ses cuisses.

— Tu as raison, reconnaît-elle. On participera au concours la prochaine fois. C'est pas grave.

— Un concours ?

Marine a réagi comme un chien qui entend prononcer le mot « biscuit » ou « promenade » !

— Ben, le concours de « raquette mousse », poursuit Wendy en chaussant ses tongs. Celle qui fait rebondir le plus de fois une balle sur sa raquette sans la faire tomber gagne le premier prix, une triple glace, parfum au choix.

— Je veux le faire, je veux le faire, s'excite Marine.

Sans plus attendre, elle va farfouiller dans le sac que maman leur a laissé. Elle écarte les nectarines, la grande

bouteille d'eau, le magazine de sudoku et s'empare du jeu de raquettes.

— J'ha-llu-cine, articule Sammie. Tu débites des mensonges à volonté, comme si tu n'avais qu'à appuyer sur un bouton.

— Le seul souci, rectifie Wendy, c'est que mon super pouvoir ne fonctionne que sur ma sister.

Ses parents ne tombent que rarement dans le panneau. Il arrive même qu'ils ne la croient pas alors qu'elle dit la vérité.

Déjà Marine s'agite, tournant la tête dans tous les sens.

— Il commence quand, le concours ?

— Ça dure toute la journée, répond Wendy. Une glace est gagnée toutes les heures.

— Cool ! s'extasie Marine, lançant en l'air la balle en mousse. J'suis sûre que je peux en gagner tout plein.

— La pauvre, tu n'as pas honte de la faire tourner en bourrique ? fait Sammie à voix basse, laissant paraître un soupçon de reproche dans son intonation.

Mais Wendy assume tout à fait. Après tout, sa petite sister lui fait suffisamment de misères au quotidien pour qu'elle culpabilise de quoi que ce soit.

Marine doit s'y reprendre plusieurs fois avant de trouver la technique qui lui permet de faire rebondir la balle 26 fois d'affilée. Elle pourrait continuer ainsi toute la journée. Le seul inconvénient est qu'elle compte le nombre de rebonds à voix haute et que, arrivée au 48e, Wendy en a plus qu'assez.

Sammie ne dit rien mais, depuis un moment, elle a plaqué ses mains sur ses oreilles, et elle affiche un air renfrogné.

— Laisse tomber, tu as perdu ! lance Wendy à Marine qui vient d'arriver au 65ᵉ rebond.

— Comment tu le sais ? demande celle-ci, alors persuadée d'être à deux doigts d'entrer dans le livre des records.

— Tu vois une glace arriver ? fait observer Wendy.

Mais ceci est loin de mettre un terme aux douze travaux de Marine.

Juste après la raquette, Wendy invente un nouveau jeu concours, le « sable caps ». Avec le sérieux nécessaire à tout bon mensonge, elle explique que le « chef de plage » a repris l'idée du cadeau dans le paquet de céréales. Excepté que le cadeau est une capsule dorée donnant droit à des glaces à volonté pour toute la semaine, et que le sable de la plage remplace les céréales.

Après tout ce qu'elle a enduré, Marine trouve encore le moyen de s'enthousiasmer et commence à creuser dans tous les sens.

— On dirait mon labrador quand il saccage le jardin de ma mère ! pouffe Sammie.

Il est vrai que Marine met du cœur à l'ouvrage, creusant dans tous les sens à mains nues.

Après une demi-heure, on pourrait croire que l'endroit a été la cible d'une pluie d'obus. Cependant, la poussière soulevée par « tractopelle-Marine » incite Wendy à lui proposer une autre activité.

Entre deux quintes de toux, elle prétend que ce concours vient d'être annulé mais qu'il est, fort heureusement, remplacé par un autre, plus excitant encore : la capture d'une crevette rose qui donne droit à une glace livrée à la maison, chaque matin de l'année.

Et Marine de partir à la pêche à la crevette !

Au bout de quelques minutes, Sammie se penche vers Wendy.

—Elle me fait de la peine à tout gober comme ça.

—Ouais, t'as raison, admet Wendy. Les meilleures blagues ont une fin.

Surtout, elle ne sait plus quoi inventer pour faire courir sa sister.

—Allez, viens, annonce Wendy, on va te chercher ta glace !

Marine lui saute au cou et la serre fort dans ses bras.

Sammie apprécie ces moments de tendresse entre les deux sœurs, elle qui n'a qu'un petit frère teigneux qui la déteste.

Après avoir longé le bord de mer quelques minutes, les pieds parfois mouillés par le ressac, le stand tant désiré apparaît comme sorti d'un mirage.

Lorsque le glacier tend à Marine son cornet surmonté d'un gigantesque ruban de glace verte, un sourire gourmand se dessine sur ses lèvres. Elle garde la position quelques instants.

— Tu la manges pas ? s'étonne Wendy.

Pour toute réponse, Marine donne le cornet à sa sister. C'est alors qu'elle laisse échapper un tonitruant éclat de rire.

— Je t'ai bien eue ! se met-elle à scander en sautant sur place. C'était une blague, je déteste ça, la pistache ! Et là, c'est toi qui vas être obligée de la manger ! Nananèèère !

Elle rit tellement que des larmes roulent sur ses joues.

— Alors ? continue-t-elle, toisant sa sister avec un air de défi. C'est qui la reine des farces ?

À son tour, Wendy s'esclaffe de bon cœur, bien vite imitée par Sammie. L'idée que sa petite sister s'est laissée mener en bateau toute la matinée avec comme seul objectif de faire sa blague à deux balles est proprement désopilante.

Elle donne un coup de langue sur sa « glace à la bourrique » en se disant que, finalement, cette journée est beaucoup plus cool que « coolible ».

Les secrets du carnet secret

« Bref, c'était un après-midi exceptionnel » termine d'écrire Wendy.

Après réflexion, elle recouvre de blanc correcteur le mot « exceptionnel » pour le remplacer par « inoubliable ».

Comme chaque soir, Wendy rédige dans son journal intime ses impressions sur la journée passée. Et celle-ci a été bien remplie. Pour commencer, discussion animée avec Audrey sur le look des garçons du collège. Grosse rigolade. Ensuite, shopping dans le centre commercial avec essayage de fringues de « grandes ». Fous rires à volonté. Et enfin, lecture à voix haute de leur magazine people favori. L'occasion de se marrer comme jamais.

Tous ces souvenirs occupent à présent deux pages complètes de son journal intime.

Certains jours elle n'a rien à raconter mais prend quand même le temps d'écrire une ligne ou deux.

Tenir un carnet secret, c'est une gymnastique qui se pratique au quotidien.

À ce moment, elle ressent derrière son dos une présence qui n'a rien à faire à cet endroit-là.

— T'en as pas marre de passer ta vie à m'espionner ?! s'emporte Wendy en se retournant brusquement.

Marine fait un bond en arrière.

— Je t'espionne pas, bafouille-t-elle. Je regarde juste comment tu fais.

— Comment je fais quoi ?! rugit Wendy. Parce que si tu veux voir comment j'évacue les blondinettes qui lisent par-dessus mon épaule, tu seras pas venue pour rien !

Wendy connaît sa sister par cœur. Elle sait que lorsque celle-ci est prise la main dans le sac, elle pond les pires excuses qui soient. Elle braille qu'on l'accuse sans preuve. Ou bien elle s'en va en hurlant que « puisque c'est comme ça, elle va s'acheter une nouvelle sœur ! »

Mais cette fois-ci, elle paraît sincère.

Les bords de ses paupières sont baignés de larmes qui ne devraient pas tarder à rouler sur ses joues toutes rouges.

— Tu veux quoi, alors ? demande Wendy, d'un ton plus calme.

— Que tu sois ma prof de journal secret, finit par répondre timidement Marine.

— Ta prof ? s'étonne Wendy, mais il n'y a rien à apprendre. Dans ton carnet secret, tu écris simplement ce que tu as envie d'écrire.

— Ben oui, mais je ne peux pas tout raconter non plus, fait remarquer Marine. Sinon il me faudrait des milliards de pages.

— Tu choisis ce qui est le plus intéressant, voilà tout.

— Mais comment je sais si c'est intéressant ou pas ? poursuit Marine.

Pour se donner le temps de trouver une réponse plus convaincante, Wendy prend son journal secret et en feuillette les pages rapidement. Puis elle vient tirer la chaise de son bureau et y fait s'asseoir Marine.

— À qui s'adresse ton journal ? commence Wendy.

— Comment tu veux que je le sache ? J'ai pas encore écrit dessus.

— Ça ne change rien, répond Wendy en lâchant un premier soupir. Un journal secret, ou intime, est destiné à n'être lu que par toi, et personne d'autre.

Marine semble surprise. Elle avait passé tellement de temps à dévorer celui de sa sister qu'elle trouvait normal que n'importe qui puisse y avoir accès.

— Ce qui veut dire... ? continue Wendy, laissant sa phrase en suspens pour que Marine la termine.

— ... que je peux faire des tas de fautes d'orthographe et que c'est pas grave !

— C'est pas faux. Mais ça signifie surtout que tu écris absolument ce que tu veux, puisqu'il n'y a que toi qui le liras. C'est la liberté totale !

Marine reste scotchée, la bouche ouverte en un large sourire. Quelle incroyable révélation !

— Tu sais quoi ? T'es hyper douée comme prof de carnet secret ! s'écrie-t-elle en serrant Wendy dans ses bras.

À peine sortie, Marine marque un arrêt et revient toquer à la porte de sa sister.

— Je peux écrire ce que tu viens de m'expliquer ? demande-t-elle.

— Est-ce que tu trouves ça suffisamment intéressant pour le noter dans ton journal ?

— Bah, pas vraiment.

— Alors ne le note pas, conclut sèchement Wendy.

— Mais je vais écrire quoi, du coup ?

Wendy sait qu'elle a dans la famille une réputation de râleuse, mais il faut reconnaître que Marine est aussi responsable de son sale caractère.

— J'en sais rien, moi ! s'énerve-t-elle. Tu n'as qu'à raconter comment tu arrives à me prendre la tête en moins de trois secondes ! Ou bien le nombre incalculable de fois où tu m'as rendue dingo ! Mieux encore, décris ta technique pour me faire tourner en bourrique !

— Attends, attends ! fait Marine en courant vers sa chambre.

Elle en revient très rapidement avec son propre journal intime. « Pas touche à mes

secrets ! » prévient une tortue dessinée sur la couverture.

— Et si on jouait à la dictée ? Tu fais la prof et tu me dis ce que je dois marquer !

Le rugissement que pousse Wendy la fait déguerpir une bonne fois pour toutes.

Pour être sûre qu'elle ne fasse plus le boomerang, Wendy claque sa porte et la bloque avec la chaise du bureau. Puis, elle se laisse tomber sur son lit. Marine a vraiment le don de l'épuiser.

« Prof de carnet secret… il n'y a que ma sister pour avoir des idées aussi débiles », se dit-elle.

Wendy sort de sa chambre et s'apprête à descendre l'escalier menant au salon lorsqu'un petit raclement retient son attention.

Elle fait quelques pas discrets vers la tanière de sa sister et l'aperçoit, penchée sur son bureau, un crayon à papier à la main. Concentrée, Marine noircit les pages de son carnet secret. Elle enchaîne les lignes avec application et ne s'arrête que pour laisser échapper un petit rire.

« Elle doit raconter ses blagues à deux balles préférées », se dit Wendy.

Marine pouffe encore une fois en attaquant sa nouvelle phrase.

« Qu'est-ce qu'elle peut bien écrire qui la fasse marrer comme ça ? » s'interroge Wendy.

Marine s'interrompt une nouvelle fois, les yeux levés vers le plafond. Elle cherche un mot. Et lorsqu'elle le trouve, cela lui déclenche une véritable crise de fou rire. Elle se bidonne comme rarement Wendy l'a vue se bidonner.

« En tout cas elle a compris à quoi sert un journal intime », se dit-elle en s'éloignant à pas feutrés.

Wendy raccroche le téléphone sur la table du salon, le sourire aux lèvres. Son amie Sammie est vraiment incroyable. Il lui arrive toujours des histoires que l'on ne voit d'ordinaire que dans des films.

Ayant appris que son voisin Léo devait passer l'après-midi avec un certain Jack, Sammie a fait en sorte de rester avec lui. Elle se disait que Jack était peut-être un correspondant américain, ou un lointain cousin canadien. Et mignon, sait-on jamais.

Mais il s'est avéré que le Jack en question n'était autre que le tout nouveau chien de Léo. Un labrador de deux ans et demi ! La honte !

Voilà le genre de mésaventure qui a tout à fait sa place dans le journal intime de Wendy.

Elle grimpe les escaliers, pousse la porte de sa chambre et lâche un cri de surprise.

Marine, allongée sur sa descente de lit, est plongée dans la lecture de son journal.

— T'es culottée, toi ! s'emporte Wendy. Alors que tu as ton journal rien qu'à toi, il faut que tu viennes faire ta curieuse dans le mien !

— C'est pas ma faute, explique Marine avec sa logique toute personnelle. C'est pas marrant quand je relis ce que j'ai écrit parce que je connais toutes les histoires.

— Et, du coup, tu me piques le mien !

— Oui, mais j'ai pensé à toi, répond-elle en lui tendant son journal avec la tortue sur la couverture.

Wendy doit bien reconnaître que miss blondinette a raison sur ce coup-là. Elle se jette sur son lit et tourne la première page du journal de Marine.

Le seul carnet secret que l'on a vraiment envie de lire, c'est toujours celui de sa sister !

Pyjama party

Wendy est aux anges. Sa première « pyjama party » est une vraie réussite. Et, contrairement à ce qu'elle pensait, la recette en est toute simple.

Tout d'abord, n'inviter que ses meilleures copines.

C'est pourquoi Sammie, une des toutes premières rencontres qu'elle a faites à l'école primaire, se trouve dans sa chambre, adossée contre un énorme oreiller roulé en boule. Allongée à ses côtés sur le lit se trouve Audrey qui, en plus d'être la voisine de Wendy, est son double autant physique qu'affectif.

Et elle a aussi convié Emma avec qui elle partage ses cours de danse moderne.

Sa petite sister Marine est également de la fête après que Wendy lui a fait promettre de laisser son costume de reine des casse-pieds dans son armoire et de jeter la clef au fond de la rivière.

Ensuite, il a fallu trouver un thème à la soirée, pour orienter les discussions, définir les tests auxquels répondre et sélectionner les films à regarder.

Les vampires avaient été le premier choix de Wendy, mais, à la seule évocation de cette idée, sa petite sœur avait manqué tourner de l'œil et les deux nuits de cauchemars qui avaient suivi l'avaient amené à reporter son choix sur la danse. Sujet tout aussi tendance et clairement moins cauchemardesque.

Chacune des filles a sérieusement joué le jeu en travaillant son look en fonction du thème choisi.

Les pyjamas les plus ringards et les plus improbables ont été sortis des placards, mais c'est Audrey qui a finalement les meilleures chances de remporter le titre du plus immonde de la soirée. Jamais effrayée par le ridicule, elle a opté pour une grenouillère violette ornée d'un affreux tutu rose. Et elle a chaussé des ballerines toutes écornées, souvenir de ses quatre années de danse classique.

Mais lorsque Marine entre dans la chambre, fanfaronnant dans son ensemble flashy aux couleurs de la série télé *Dancing Chipie*, Wendy se lève aussitôt.

— Et la gagnante est… s'écrie-t-elle.

— Mariiine !!! répondent en chœur les trois autres.

La petite tornade, qui ignore que sa tenue vient d'être élue la plus abominable de la soirée, est folle de joie. Du moment qu'elle est la première, ça lui convient.

Ce qui fait qu'une « pyjama party » fonctionne ou pas est le choix des jeux proposés. Or, pour ce genre d'occasion, on a encore rien inventé de mieux que le « Question / Vérité » dont les règles, pourtant incroyablement simples, sont expliquées pour la troisième fois à Marine. Cette fois-ci, c'est Audrey qui s'y colle.

— On va toutes poser des questions à tour de rôle, commence-t-elle d'une voix douce, et celle qui doit répondre pioche une carte, lit la réponse inscrite dessus et doit dire si elle est exacte ou pas. Celle qui refuse d'en dire plus ou dont la réponse est fausse a un gage et doit manger un bonbon assaisonné.

Elle désigne le grand bol bleu rempli de bonbons aux emballages tout aussi colorés.

Voilà pourquoi Wendy a passé une bonne partie de l'après-midi à les fourrer au poivre, au piment et au fromage de chèvre. Et si c'est le sourire aux lèvres qu'elle a accompli cette tâche, c'est cer-tainement parce qu'elle imaginait la tête que feraient ses copines en les croquant.

—Regarde, poursuit Audrey, captant de nouveau l'attention de Marine qui est restée bloquée sur les bonbons, chaque carte est numérotée et a une réponse qui lui corres-pond. Réponse 1 : Faut voir. Réponse 2 : T'es malade de la tête ou quoi ? La 3 : J'y bosse comme une dingue. La 4 : Demande à ma cop' située à ma droite. La 5 : Même pas en rêve. Et la 6 : C'est clair de chez clair.

Wendy prend les six cartes et les mélange, affichant un sourire cynique.

— On va commencer à jouer, parce que si on attend que Marine ait tout compris on sera encore là pour Noël prochain. Très chère Emma, est-ce que tu trouves Ivan-le-gnocchi craquant ?

Emma explose de rire, aussitôt imitée par Sammie et Audrey. Quand on connaît le fameux Ivan, nouvel élève dans leur classe depuis la rentrée, on a du mal à imaginer que quelqu'un puisse le trouver craquant. Jamais un sobriquet n'a été aussi bien porté. Ivan est tout tassé, rondouillard, le teint jaune pâle, et il est tellement hautain qu'il inspire tout sauf de la sympathie.

Emma pioche la carte n°3 et lit la réponse « J'y bosse comme une dingue ». Elle glousse puis met toute son énergie à démentir qu'elle pourrait kiffer ce garçon prétentieux qui ne

s'intéresse à rien d'autre qu'à sa collection d'insectes.

— Alors, tu as gagné ! s'écrie Marine en levant les bras.

— Non, elle a un gage, rectifie Wendy en poussant le grand bol bleu vers son amie. Elle aurait gagné si elle avait vraiment trouvé Ivan-le-gnocchi craquant.

Marine lève les yeux vers le plafond en poussant un petit grognement qui laisse penser qu'elle a enfin assimilé les règles du jeu. Comme par magie tous les éléments se sont mis en place sous son abondante chevelure blonde.

La question, la carte, la réponse, la confirmation de la réponse, le gage… c'est vrai qu'il n'y a rien de bien compliqué dans tout cela.

Tandis qu'Emma, qui a pris un bonbon au fromage de chèvre, n'en finit pas de faire la grimace, Sammie s'apprête à prendre la parole. Mais Marine l'interrompt.

— Non, c'est à moi, à moi, à moi ! Ça y est ! J'ai tout capté ! s'excite-t-elle, levant la main comme pour demander à la maîtresse de la laisser effacer le tableau avec la grosse éponge. J'ai une question pour Sammie…

Avec un large sourire, elle prend une pro-
fonde inspiration, sûre de son coup.

— Quel âge est-ce que j'ai ? demande-t-elle
fièrement.

— Mais elle est
trop débile ta
question ! réa-
git Wendy.

— C'est pas à toi que je l'ai posée ! fait Marine, contrariée. Si c'est toi qui réponds, c'est de la trichure, et tu devras manger deux bonbons au piment et ça sera bien fait pour toi !

Wendy regarde Sammie qui hoche les épaules. Résignée, cette dernière choisit une carte, la n°5, la retourne et lit : « Même pas en rêve ».

— Beuh… Elle est nulle cette réponse… fait Marine, déçue. Elle marche pas ta carte.

— C'est ta question qui était nulle. Une fois de plus t'as rien compris au jeu, ricane Wendy.

— Je vais t'en poser une, Marine, intervient Audrey. Écoute bien ! Est-ce que tu aimes ta sister ?

Marine pioche une carte et tombe sur la n°6 « C'est clair de chez clair ».

— Tu vois ? explique Audrey. Tu dois demander des choses intimes pour que ça marche.

— Zen team ? C'est un héros de dessin animé ? fait Marine, intriguée.

Toutes les filles éclatent de rire. Marine est sans conteste la plus douée pour tout comprendre de travers. Une championne du monde qui s'entraîne chaque heure de chaque jour pour rester toujours au top de sa forme. Emma rit tellement qu'elle a l'impression que son ventre va éclater.

— Les choses intimes, ça veut dire personnelles. Qui te concernent, toi, dans ta vie. Comme tes amis, les garçons, l'école, précise Audrey.

— Mais là, j'ai gagné ou pas ? interroge Marine.

— Ça dépend, répond Sammie. Est-ce que la réponse apportée par la carte est exacte ? Est-ce que c'est clair de chez clair que tu aimes ta sister ?

Marine prend le temps de la réflexion puis se penche vers Wendy et murmure dans le creux de son oreille :

— Comme j'ai trop envie de goûter à tes bonbons dégueu, il faut que je dise quoi pour avoir un garage ?

— Un gage, Marine, pas un garage !!! s'esclaffe Wendy.

Audrey rit tant qu'elle en pleure, au risque de voir ses larmes venir tacher sa si seyante grenouillère violette.

— Bon, pose une autre question, Marine, propose finalement Sammie. Mais une bien personnelle cette fois-ci.

Tandis que Marine réfléchit à sa prochaine intervention, Emma avale une gorgée de son sirop à la guimauve. La nourriture aussi est un des éléments de la réussite d'une « pyjama party ». Au menu de la soirée, Wendy a préparé un saladier de chips saveur poulet grillé, des cacahuètes et des biscuits apéritifs au fromage. Le tout accompagné de soda cerise ou de sirop aux parfums que l'on évite d'acheter habituellement. Et puis pour le dessert des glaces et des brochettes de bonbons à la gélatine. Un repas somme toute très équilibré pour une ambiance de fête.

— J'en ai une, j'en ai une, bondit Marine. Et celle-là, je la pose à Audrey ! Quelle est ma série télé préférée ?

Nouvel éclat de rire général.

— Heu non, j'en ai une autre, fait Marine, sentant qu'elle est encore à côté de la plaque. Combien de dents est-ce que j'ai revendues à la petite souris cette année ?

Une explosion de rigolade secoue aussitôt la chambre.

— Non, je sais, je sais, reprend Marine, qui essaye pourtant de bien faire. À qui est-ce que j'ai prêté ma gomme *Studio Danse* ? J'arrive pas à la retrouver.

— T'es trop forte, Marine, parvient à dire Audrey entre deux gloussements. Tu ne poses que des questions auxquelles les cartes ne peuvent pas répondre.

— Pourquoi ? Elles ne sont pas assez Zen team ?

Chaque fille est prise d'un terrible fou rire. Wendy se masse les joues que les efforts répétés de ses muscles zygomatiques ont rendu douloureuses. C'est sur la descente de lit qu'Emma se bidonne sans pouvoir s'arrêter. Sammie, elle, se tape sur les cuisses comme une malade. Pas de doute. Cette « pyjama party » est carrément géniale, car Wendy dispose d'un ingrédient secret qu'aucune autre organisatrice de « pyjama party » n'aura jamais.

N'inviter que des bonnes copines, ça, tout le monde en est capable. Tout comme fourrer des bonbons avec du poivre, lancer un concours de pyjamas ringards ou jouer à « Question / Vérité ». Mais disposer d'une petite sister qui comprend tout de travers, qui multiplie les âneries sans même s'en rendre compte, est la véritable clef de son succès.

C'est ce soir-là que, sans même s'en douter, Marine est devenue membre à vie de toutes les futures « pyjama party » de sa sister.

La plus sonnée des deux

Le « tubulut » est la sonnerie préférée de Wendy.

Le réveil de Marine en possède neuf différentes. On peut, au choix, le régler sur un « piou piou » suraigu répété en boucle, ou sur le cri de tarzan dans toute sa puissance. Le « tubulut » lui, tellement plus discret, évoque la sonnerie d'un téléphone portable. Ce qui explique pourquoi Wendy l'apprécie tant.

Mais pour quelle raison, en cette belle matinée ensoleillée, retentit le réveil de sa sister ? Il est tout juste 7 heures.

Wendy se lève et va pousser la porte de la chambre de Marine.

— Qu'est-ce que tu fabriques ? C'est hyper tôt ! lance-t-elle à sa sister.

Cette dernière, qui d'ordinaire n'est pas du matin, offre un visage radieux.

— Oui, je sais, répond-elle, sans se déparer de son sourire. Il faut que je prépare mon cartable pour la rentrée.

— C'est demain, la rentrée. Tu t'es réveillée un jour trop tôt, ricane Wendy.

— Mais non ! s'emporte Marine. C'est fait exprès ! C'est une répétition générale !

Je vais tout faire comme si c'était aujourd'hui la rentrée des classes, comme ça je serai prête pour demain.

Wendy reste silencieuse un instant. Elle a du mal à gober cette histoire de répétition.

— Avoue plutôt que tu t'es trompée de jour, se moque-t-elle tout en retournant vers sa chambre.

En tirant la porte derrière elle, Wendy entend sa sister crier à tue-tête.

— 'ME SUIS PAS TROMPÉE !!!

Papa et maman sont déjà en bas en train de préparer le petit déjeuner. Wendy, qui n'a pas pu se rendormir, se dirige vers la salle de bains. Son amie Audrey va venir passer avec elle cette dernière journée des vacances scolaires, aussi se doit-elle d'être présentable. Douche, brossage de chevelure, soin de la peau. Bref, le pomponnage habituel.

— Ch'est occhupé ! entend Wendy alors qu'elle vient tout juste de poser la main sur la poignée de la porte.

Intriguée, elle passe la tête par l'entrebâillement. Sa sister est là, dans son pyjama rose-jambon-sans-couenne, de la mousse de dentifrice jusque sur les lèvres.

— T'es déjà là, toi ? T'es pas au lit ? s'étonne Wendy.

— Je me prépare pour demain, je te l'ai déjà dit ! répond Marine après s'être rincé la bouche.

Ainsi, c'est donc vrai. Miss blondinette effectue une répétition générale pour le jour J.

Dans des moments pareils, Wendy se demande si elles sont réellement des sisters. Car si elle avait à faire une répétition pour quelque chose, ça serait clairement plus pour préparer les vacances que l'école !

— Et tu te laves les dents alors que tu n'as pas encore pris ton p'tit déj' ? poursuit Wendy.

— À cette heure-ci, demain, je l'aurai déjà pris, le p'tit déj' ! réplique Marine.

Elle a décidément réponse à tout.

Un peu plus tard, trois petits coups sont donnés sur la porte. C'est Audrey.

Wendy vient tout juste de mettre le dernier bol dans le lave-vaisselle. Sa corvée du matin. Ses parents sont partis au travail, maman en ville et papa dans son atelier, et Marine a fini par libérer la salle de bains. D'un geste machinal, elle remet en place sa chevelure longuement brossée, balaie son polo du dos de la main pour écarter d'éventuelles miettes de pain puis va ouvrir à son amie.

Audrey lui claque une bise et sans plus attendre les deux filles commencent à se raconter leur journée de la veille. Comme à leur habitude, elles vont poursuivre leur discussion sur le canapé du salon.

— Poussez-vous ! Poussez-vous !

Les deux amies s'écartent pour laisser passer Marine. Habillée, chargée d'un cartable tellement rempli qu'elle a dû batailler pour le fermer, Marine sort de la maison et ouvre le portail pour gagner la rue.

— Quelqu'un l'a prévenue que c'est que demain la rentrée ? sourit Audrey.

En quelques enjambées Wendy vient se coller au portail. Elle se penche et voit Marine qui s'éloigne en direction du centre du village où se trouve son école.

— J'hallucine ! articule Wendy. Elle nous fait la totale !

Retournée à l'intérieur, Wendy baisse le volume sonore de la télé car l'histoire rapportée par Audrey mérite toute son attention.

Guillermo, le nouveau voisin de leur amie Emma, lui aurait déclaré sa flamme hier après-midi sous sa fenêtre. À l'ancienne !

Hélas, Audrey ne peut raconter la suite.

— Ça y est ! J'suis rentrée ! clame Marine en ouvrant la porte d'entrée à la volée.

Elle dépose son cartable devant la commode, se débarrasse de son manteau et pousse un long soupir.

— Pfouh, ça a été une rude journée, fait-elle en entrant dans la cuisine. Qu'est-ce qu'il y a pour le goûter ?

Wendy met un moment à réagir. Elle a toujours pensé que sa sister n'était pas vraiment « finie ». Elle peut même le dire de plusieurs façons différentes plus ou moins imagées : elle a les fils qui se touchent, les plombs qui ont fondu, elle est en plein travaux, elle a une cacarinette à la place de la cervelle… Tout cela revient à dire que sa petite sœur peut avoir, comme ce matin, un comportement carrément inhabituel, loufoque… déjanté !

— Tu ne vas quand même pas goûter à cette heure-ci ? lui lance-t-elle.

— Hé ho ! rétorque Marine en ouvrant un pot de flan au caramel. J'suis vidée, moi. J'ai eu contrôle de maths, exercice d'orthographe et une heure de sport. Et tu sais que je déteste ça, courir en rond autour du terrain de basket !

— Mais de quoi tu parles ? fait Wendy, exaspérée. Tu es sortie de la maison y a même pas vingt minutes !

— C'est une ré-pé-ti-tion générale ! dit fermement Marine, plongeant une petite cuillère dans le flan. Je fais tout comme si j'avais eu école aujourd'hui !

— Et quelle est la suite du programme ? demande Wendy.

—Ben, faire mes devoirs, tiens ! répond Marine en léchant le caramel resté au fond du pot.

Audrey retourne chez elle alors que finit de tomber une pluie aussi fine que de courte durée. Juste histoire de donner soif à la terre et de confirmer que les vacances sont bien terminées. Maman est dans la cuisine en train de préparer le dîner, ce qui laisse à Wendy une dizaine de minutes afin de rassembler ses affaires pour le lendemain matin. À l'opposé de sa sister, elle n'a nul

besoin d'une journée entière pour préparer sa rentrée. C'est d'aller récupérer ce que Marine lui a piqué durant les vacances qui lui prendrait le plus de temps. Stylos, feutres, règle, gomme parfumée, perforatrice et tout ça.

Mais alors qu'elle entre dans la chambre de sa sister, Wendy reste interdite, sans voix. Miss blondinette recopie des lignes entières. Elle a déjà rempli trois feuilles recto verso.

— Ne… ne me dis pas que… que tu… bredouille Wendy.

— Ben si ! soupire Marine. Il faut bien que je fasse aussi une répétition pour les punitions. Là je me suis punie de 200 lignes à recopier parce que j'ai discuté en classe avec Loulou.

Et dire que Wendy pensait avoir tout vu et tout entendu !

Le reste de la soirée se déroule de la même manière. Marine apprend par cœur une leçon d'histoire imaginaire choisie dans une bande dessinée des *Profs*. Puis elle récite une poésie qu'elle invente au fur et à mesure et qui ne rime qu'une fois sur deux. Et, pour finir, elle s'arrache les cheveux à préparer une dictée pleine de mots horriblement compliqués qu'elle a été chercher dans un magazine de maman.

Wendy cale sa tête bien au fond de son oreiller. Elle a passé la journée à halluciner du comportement de Marine, mais elle doit bien reconnaître qu'elle aussi est très excitée à l'idée de retourner au collège. Le plaisir de revoir ses copines et de leur raconter combien ses vacances d'été ont été géniales. La curiosité de découvrir les nouveaux élèves, parmi lesquels se trouveront peut-être ses futurs meilleurs amis. Parcourir les noms de ses professeurs, espérant ne pas retomber sur le vachard qui enseigne la géographie mais priant pour refaire une année avec Mlle Martin qui sait faire aimer les mathématiques. Et puis les garçons, évidemment, le sujet numéro 1 des conversations qu'elle a avec Audrey et Sammie.

C'est avec ces images en tête que Wendy se laisse gagner par le sommeil, un large sourire barrant son visage.

Les rêves se bousculent dans l'esprit de Wendy.

Elle se voit inscrite dans une classe pleine d'inconnus et, la seconde d'après, voilà qu'elle est sur l'estrade obligée de donner un cours à des centaines d'élèves turbulents. Elle rêve même qu'on lui secoue l'épaule comme une débilos.

À part que là, ce n'est pas un rêve.

— Wendy, Wendy… répète Marine en pressant son épaule.

Wendy se redresse contre son oreiller. Elle jette un œil sur son réveil, il est trois heures du matin. L'air perdu de Marine la fait culpabiliser. Au lieu de la laisser préparer sa

rentrée tranquillement, Wendy n'a eu de cesse de se moquer d'elle. Pas étonnant qu'elle ait du mal à trouver le sommeil.

— Je peux dormir avec toi ? demande Marine d'une voix toute fine.

— Mais bien sûr, répondit aussitôt Wendy.

Elle se décale sur le côté tout en écartant la couette pour que sa sœur puisse s'y faufiler.

— Tu vas réussir à t'endormir, je te le promets, reprend Wendy, d'une voix rassurante, à l'aise dans son rôle de grande sœur protectrice.

— Ben, évidemment que je vais roupiller ! dit Marine. Je te signale que je dormais déjà tout à l'heure.

— Alors qu'est-ce que tu viens faire ici ? s'étonne Wendy qui n'y comprend plus rien.

— T'es vraiment bouchée des oreillons, toi ! fait Marine d'un ton cinglant. J'arrête pas de te le dire depuis ce matin ! Là, je m'entraîne à passer une mauvaise nuit parce que le lendemain j'aurai un contrôle de dictée. D'ailleurs, je risque de crier une fois ou deux, comme si je faisais un cauchemar.

Wendy pousse un profond soupir et rabat la couette sur sa tête. Elle aussi devrait s'entraîner plus souvent à vivre avec une sister pas comme les autres !

Toujours tout pareil que ma sister

Le petit muret est un peu trop haut pour Marine. Il s'étend tout le long du chemin qui mène aux cascades et, curieusement, elle n'a encore jamais eu l'idée de grimper dessus. C'est pourtant là, au grand dam de ses parents, l'une de ses manies les plus persistantes.

Depuis qu'elle a quitté son parc premier âge et qu'elle peut tenir debout toute seule, Marine a escaladé quasiment tout ce qui était « escaladable ». Mais ce muret en crépi blanc, jamais encore.

Marine pousse très fort sur sa jambe droite et, en s'aidant des coudes, parvient à se hisser sur le petit mur.

Wendy lui jette un regard sévère.

— T'as même pas tenu deux minutes, t'es vraiment pénible ! hurle-t-elle, manquant lui faire perdre l'équilibre.

Wendy la toise, les mains sur les hanches, sourcils froncés. Attitude qui n'annonce en général rien de très joyeux.

— Ce matin au p'tit déj', je t'ai dit que ça me ferait des vacances que tu arrêtes de me suivre. Tu te souviens ?

— Ben oui, répond Marine. J'suis pas neu-neu !

— Et qu'est-ce que tu as fait ? poursuit Wendy en levant sa main ouverte pour compter sur ses doigts. Tu es sortie quand je suis sortie, tu m'as suivie jusqu'ici et tu as grimpé sur le muret dès que j'y suis montée.

Tous ceux qui fréquentent Marine savent que lorsque cette teinte de rouge vient empourprer ses joues, c'est qu'elle se sait prise la main dans le pot de confiture. Mais elle n'est pas non plus du genre à s'avouer vaincue.

— Tu dis n'importe nawak ! C'est parce que moi aussi je voulais venir ici, c'est tout ! C'est juste un hasard !

— Ah oui ? reprend Wendy en se laissant descendre sur la terre souple du chemin. Et quand tu te mets sur le canapé tout de suite après moi, c'est du hasard peut-être ? Quand tu prends le même dessert, quand tu écoutes la même musique au même moment, quand tu veux aller au cinéma quand je veux y aller… tout ça, ce ne seraient que de simples coïncidences ?!

Marine saute au sol à son tour mais un de ses genoux plie et elle va rouler dans un bosquet de jonquilles.

— Tu vois que je fais pas tout pareil que toi ! s'énerve-t-elle en se relevant et en épous-setant son pantalon plein de terre humide.

— Ah ouais ? Alors pourquoi est-ce que tu cries dès que je crie ???! s'égosille Wendy.

Marine reste interdite. Peut-être en effet a-t-elle tendance à calquer quelque peu ses faits et gestes sur sa sister. Elle veut bien admettre que cela a pu se produire une ou deux fois dans sa vie. Voire à une dizaine de reprises. Bon allez, on ne trouverait pas plus d'un exemple par semaine…

Mais maintenant qu'elle y pense des tonnes d'images lui arrivent en tête. Elle se voit à plusieurs étapes de son existence

copier ses activités sur celles de Wendy. Ses gestes, ses mots, ses expressions, ses goûts, ses envies… elle fait tout, tout le temps, comme elle. Marine n'est rien d'autre qu'un petit clone. Une photocopieuse couleurs 3D. Une rame de papier calque. Pire, un singe !

Marine blêmit et des grosses larmes roulent sur ses joues.

— Je suis un siiinge !!! gémit-elle.

Wendy s'est planifié une matinée assez chargée. Aller jusqu'à la cascade où l'attend son amie Audrey, l'endroit idéal pour s'échanger en toute discrétion les derniers ragots du collège. Puis redescendre en sa compagnie jusqu'au village où elles rejoindront quelques copains de classe.

Mais lorsque l'on est l'aînée, on se doit de respecter certaines priorités. Et consoler sa petite sœur en pleine crise de larmes grosses comme le poing en est une.

— Tu es tout sauf un singe, lui dit Wendy, posant sa main sur son épaule qui se soulève au rythme des sanglots. Et tu sais quoi ? poursuit-elle de sa même voix douce et rassurante. Ça me fait plaisir que tu me prennes pour modèle. Ça veut dire que tu m'aimes bien.

Marine tourne vers elle des yeux emplis de la plus sincère tendresse qui puisse exister.

— Mais faut reconnaître que c'est aussi super agaçant, s'empresse d'ajouter sèchement Wendy. Moi, ce que j'aimerais, c'est que tu fasses tes trucs à toi. Que tu aies ton « jardin secret ».

— Je l'ai déjà, ça ! renifle Marine.

Elle fait allusion aux deux mètres carrés de potager dont papa l'a nommée responsable au début du printemps.

— Un jardin secret, soupire Wendy, c'est quelque chose qui te tient tellement à cœur, que tu aimes à un tel point que tu n'as envie de le partager avec personne.

— Comme les tas unis ? répond Marine, un doigt posé sur ses lèvres.

— Mauvaise réponse ! éructe Wendy dont le ton chaleureux s'est durci. Les États-Unis, c'est ma passion à moi ! Par contre, ça pourrait être les animaux. Tu les aimes, les animaux, pas vrai ?

— Ben oui, mais papa et maman ne veulent pas que j'en ramène à la maison.

— Tu m'étonnes, tu voulais adopter un rhinocéros ! s'esclaffe Wendy.

Elle sent cependant qu'elle est sur la bonne voie.

— Le cinéma, ça, tu adores. Tu n'arrêtes pas de regarder des films.

— Pfff, tu parles ! À chaque fois, il faut qu'y mettent des bisous et moi je trouve ça trop dégueu !

— La musique alors, insiste Wendy dans un soupir de lassitude. T'as au moins trois posters de Justin Ptibeurre au-dessus de ton lit.

— Mouais, soupire Marine en faisant la moue. J'étais fan mais j'ai prévu de me défanatiser. Sa coiffure est vraiment trop nulle.

Wendy commence à craindre que ce petit jeu ne dure un peu trop longtemps. Et maintenant que sa sister ne pleure plus, la priorité penche de nouveau pour aller retrouver ses copains-copines.

— Le sport alors. Comme le tir à l'arc, la gymnastique, la natation…

— Pour ça, je crois pas trop, répond Marine. Parce qu'en général ça fait transpirer, et après on sent vraiment pas la rose. T'as qu'à voir quand tu rentres du judo.

Ça y est, la cote d'alerte est atteinte ! Wendy pointe un index menaçant sur sa petite sister.

— Écoute-moi bien, blondinette ! Tu as intérêt à te trouver une passion dans la minute qui vient, parce que j'ai des tas de choses à boucler dans la matinée, moi. Top chrono.

Ce coup-ci, Wendy est sérieuse. Le regard noir, la bouche déformée par un rictus qui laisse paraître des dents que Marine n'a jamais vues aussi pointues, il ne manque qu'une paire de cornes courtes et effilées, une queue se terminant par une flèche et des flammes dansant autour de son corps pour que le tableau soit parfait.

Dangerous Wendy est prête à sévir !

— Plus que trois secondes, articule-t-elle, les dents serrées.

— C'est bon. J'ai trouvé, j'ai trouvé, j'ai trouvé, s'agite Marine.

— Tu n'essayes pas de gagner du temps ? fait Wendy, sceptique.

— Non, j'te jure ! Ça vient tout pile de me traverser la cervelle !

Comme elle semble sincère, Wendy se détend. Plus de regard noir, de dents pointues, de cornes ni de flammes.

— Vas-y, raconte, la presse Wendy.

Marine n'en revient pas. Bien évidemment qu'elle a menti en disant avoir trouvé. C'était juste histoire d'éviter que *Dangerous Wendy* lui fasse passer un sale quart d'heure. Et raconter des bobards en ayant l'air sincère est devenu sa seconde spécialité, juste après l'« escaladage » de tout et n'importe quoi.

Et cependant, elle a comme un flash dans la tête. Une révélation. Quelque chose s'impose à son esprit qui lui paraît d'une telle évidence qu'elle s'étonne de ne pas y avoir songé plus tôt. Elle la tient sa raison de vivre, ce qui la fait vibrer et l'occupe des heures et des journées durant.

— Eh bien, c'est tout bête en fait, mais ma vraie passion de toute ma vie… commence Marine sous le regard attentif de Wendy, c'est de toujours faire tout pareil que toi !

conclut-elle avec un large sourire et les bras levés, comme une pom-pom girl célébrant un point marqué par son équipe.

Wendy blêmit aussitôt. Elle a tout envisagé sauf cette possibilité.

Cependant elle veut prouver qu'elle est la plus maligne des deux.

— Très bien, dans ce cas, moi aussi je vais faire tout comme toi, du matin au soir ! lance-t-elle, croisant les bras pour se donner un air déterminé.

Après tout, il n'y a rien de bien compliqué à cela. Il suffit que le matin elle se lève en râlant, qu'elle déjeune en laissant des miettes à dix mètres à la ronde, qu'elle ne range jamais sa chambre, qu'elle passe ses journées sans école devant les épisodes des *Mystères de District Collège*. Vivre la vie de Marine est plutôt facile.

Puis vient à l'esprit de Wendy qu'elle va aussi devoir jouer à brosser des poneys multicolores avec Loulou, la meilleure amie de sa sister.

Et si elle veut réellement imiter Marine en tout point, elle doit se trouver un doudou

à mâchonner pour la nuit, multiplier les caprices pour supplier maman de lui acheter des Chocofromage pour son goûter. Et pire encore, il lui faudra réussir à avaler ces abominables mélanges de cacao et de fromage pâteux que sont les Chocofromage.

— Qu'est-ce qui t'arrive ? demande Marine.

Wendy qui s'est égarée dans ses pensées revient à la réalité. Clairement, elle est désormais trop grande pour entrer dans ce jeu de « tu me copies – je te copie ». Elle baisse les bras.

— Rien, je me disais juste que tu peux continuer à me suivre si tu veux. Après tout, c'est toi la plus petite, c'est normal que tu sois pénible.

Elle se retourne et prend le chemin de la cascade d'un pas tranquille. Audrey doit l'attendre depuis quelques minutes.

Marine s'adosse au petit muret en crépi blanc. Elle est sidérée. Sa grande sister vient de se montrer adulte, mature, réfléchie, raisonnable. Des mots dont elle ne connaît pas forcément le sens, mais qui ne sonnent pas comme étant particulièrement joyeux. Dans ces conditions, tout faire comme Wendy doit s'avérer méchamment casse-pied.

C'est alors qu'elle se redresse, le visage barré par un très large sourire. Marine s'éloigne en sautillant gaiement en direction de la maison. Elle vient de prendre une grande décision qui la ravit.

Désormais, la seule qu'elle copiera et imitera en tout point, c'est elle-même !

Et ça, ça promet d'être sacrément rigolo !

Le cadeau de ses rêves

En cette veille de Noël, Maman et Wendy parcourent les allées bondées de monde du supermarché. En retrait, Marine zigzague avec son chariot qui a une roue de traviole. Le magasin, décoré de guirlandes rutilantes et de lampions lumineux, dégage un délicieux parfum de fêtes.

— Pouah ! C'est quoi cette odeur ? grimace Marine en se bouchant le nez.

« T'as jamais vu des coquillages ? » lui aurait en temps normal répondu d'un ton sec sa grande sister Wendy.

Mais pas aujourd'hui. Elle a un comportement étrange qui n'a pas échappé à Marine. Ça a commencé au rayon céréales, s'est poursuivi devant les surgelés et ça continue alors qu'elles longent l'odorant rayon « Produits de la mer ».

Wendy montre à maman le prospectus qu'elle tient dans les mains.

— Un iPod à ce prix-là, c'est une bonne affaire, pas vrai, m'man ? demande-t-elle, l'air de rien.

Hélas pour Wendy, maman est trop occupée à trouver de la pâte d'amandes pour prêter l'oreille aux allusions de sa fifille adorée.

— De la pâte d'amandes… sourit Marine.

— Ça, oui, ça sent Noël !

Marine rejoint sa grande sister assise au bas de l'escalier. Au-dessus d'elle pend une guirlande d'étoiles pailletées que papa a accrochée au plafond sans même tomber de son escabeau.

— Qu'est-ce que tu attends ? demande Marine.

— Le bon moment pour aller dire à maman qu'il y a des iPod en promo en ville, répond Wendy à voix basse.

Le sien l'a lâché hier soir, et il n'est peut-être pas trop tard pour s'en faire offrir un neuf pour Noël. Sinon elle devra attendre son anniversaire !

— T'as bien vu, au magasin, j'ai pas arrêté d'y faire allusion. Maman va bien finir par comprendre, poursuit Wendy.

— Pouarf ! Elle est nulle ta technique ! s'esclaffe Marine.

— T'as mieux à proposer, peut-être ?

— Carrément ! Il faut que tu fasses un caprice. C'est toujours comme ça que je fais, moi ! affirme miss blondinette.

— Un caprice ? La veille de Noël ? Tu veux me griller à vie ? Là, non seulement je n'aurai jamais mon Pod, mais les parents revendront tous mes cadeaux sur Internet !

Si ça avait été pour elle, Marine aurait misé sur cette valeur sûre qu'est le caprice. Mais comme c'est Wendy qui est concernée, autant chercher une nouvelle idée.

— Sinon tu peux les supplier, propose-t-elle après une plage de silence.

— J'y ai pensé, reconnaît Wendy. Mais ça fait longtemps que je n'ai plus pratiqué.

Comme si la foudre venait de la frapper, Marine bondit, attrape sa sister par le bras et l'oblige à la suivre jusque dans sa chambre.

—On va s'entraîner ! s'exclame Marine. On dit que je suis papa ou maman, et toi tu fais comme si t'étais Wendy !

Et dire qu'il aura fallu attendre la fin de l'année pour que Marine ait enfin UNE idée géniale !

—J'adore ! sourit Wendy.

Elle sort de la chambre et y entre à nouveau, déjà dans son rôle.

—M'man, fait Wendy en avançant timidement dans la chambre censée être la cuisine.

Je viens de casser mon Pod et je me demandais si… vu que c'est Noël…

Elle s'interrompt en entendant Marine pouffer.

— Ahahah ! Tu verrais ta tête ! dit-elle en explosant de rire. Tu fais trop bien les yeux de cocker malheureux !

— Oui, bon, on reprend, s'agace Wendy. C'est sérieux là ! M'man, je pourrais avoir un nouveau Pod ? continue-t-elle de sa petite voix triste.

Une succession d'éclats de rire de sa petite sister est la seule réponse qu'elle obtient.

— J'ai compris, on laisse tomber ! conclut Wendy. Si les parents réagissent comme toi, je peux dire adieu à mon cadeau.

Sa crise de rire passée, Marine, décidément très motivée à l'idée d'aider sa sister, fonce vers les escaliers.

— J'ai trouvé ! lance-t-elle.

Wendy sait que Marine est capable de tout et bien souvent du pire. Aussi elle lui emboîte le pas et la suit jusqu'au bureau de papa. Arrivée là, elle sent sa gorge se nouer.

— Ah c'que c'est dommage que Wendy ait pété son iPod ! Ah c'que c'est dommage ! répète Marine à tue-tête, faisant les cent pas autour de la table à dessin de papa.

Crayon à la main, il lui jette un regard halluciné.

Une main plaquée sur sa bouche empêche Marine de continuer sa complainte, et Wendy la traîne jusqu'au salon sous les yeux encore plus effarés de papa !

— Il allait craquer ! se révolte Marine.

— Dans tes rêves ! réplique Wendy contenant sa colère. Tu oublies que les parents ont été enfants et qu'ils connaissent tous ces trucs !

Laissant Marine réfléchir à l'idée que papa et maman n'ont pas toujours été des adultes, Wendy retourne voir papa pour essayer de sauver la situation.

— Alors, comment trouves-tu le premier acte de notre pièce de théâtre ? Si vous êtes sages, avec maman, on vous fera une représentation pour le Nouvel An.

Puis Wendy salue et sort du bureau.

— Elles jouent plutôt bien, soupire papa, rassuré.

La cata !

— Si tu ne fais pas de caprice, ne veux pas supplier les parents ni les faire tourner en bourrique, tu n'obtiendras jamais rien, résume Marine comme si elle récitait un proverbe.

Le regard de Wendy se pose sur le sapin de Noël magnifiquement décoré. Comment être sûre que demain matin elle y trouvera le cadeau de ses rêves ?

— Tu vas où ? s'agite Marine en voyant Wendy se diriger vers la cuisine.

— Simplement demander à maman de m'acheter un Pod neuf, répond Wendy sans se retourner.

— Sans pleurer ? Sans taper du pied ? Ça marchera jamais ! la prévient Marine. T'es devenue dingo !

— M'man, commence Wendy en se raclant la gorge. Mon vieux Pod ne marche plus. Je voulais savoir si vous pouviez m'en acheter un autre ?

— On verra, ma grande, répond maman, emballant sa réponse d'un joli sourire.

En traînant des pieds Wendy revient dans le salon, rejointe par sa sister.

— On verra ? répète Marine, intriguée. Et ça veut dire quoi ?

— Que c'est tout sauf gagné… souffle Wendy.

Enfoncée dans son lit, les yeux grands ouverts, Wendy repense à cette journée.

A-t-elle bien agi en insistant autant auprès de ses parents ? Son iPod est loin d'être une priorité ! Elle se sentirait presque coupable.

Si Marine a aussi les yeux ouverts, c'est qu'elle essaie de veiller jusqu'à ce moment magique où les cadeaux apparaissent au pied du sapin.

Mais la nuit de Noël les enfants finissent toujours par s'endormir. C'est la tradition.

Tôt le matin, après un réveil en fanfare façon Marine, toute la famille se retrouve dans le salon, ébahie par l'empilement des cadeaux sous le sapin. Marine a déjà déchiqueté les emballages de la plupart d'entre eux.

— Wendy, je crois que celui-ci est pour toi, dit maman en désignant un paquet plat et rectangulaire posé sur le bras du canapé.

Pas besoin de le déballer pour savoir de quoi il s'agit. Wendy comprend aussi que le « on verra » de la veille voulait dire que le remplacement de son iPod était prévu de longue date. Ce que lui confirme le sourire de ses parents.

Elle se jette sur eux et les serre fort dans ses bras.

C'est alors que se fait entendre un cri suraigu.

Marine est toute rouge, les yeux écarquillés, la mâchoire pendante.

— Un appareil photo, rien que pour moi !

Elle l'admire sous toutes les coutures.

— Yes ! C'est moi la meilleure ! chante-t-elle en sautant dans tous les sens.

— Pourquoi dis-tu ça ? s'étonne Wendy.

— Sans rien demander, j'ai eu le cadeau de mes rêves, alors que je savais même pas que c'était le cadeau de mes rêves ! J'suis vraiment trop forte ! répète-t-elle, dans un éclat de rire général !

TABLE

RETROUVE LES **SISTERS** DANS D'AUTRES AVENTURES !

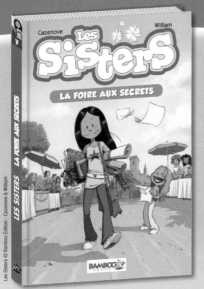

ÉGALEMENT DISPONIBLES DANS LA COLLECTION BAMBOO POCHE

Plus d'infos sur www.bamboo.fr